少年与果子狸

◎佐佐木田鹤·文　　◎杉浦范茂·绘

◎崔维燕·译

一群孩子唱着歌，从山脚下的一条小路走过。

晚霞中的红蜻蜓，请你告诉我，童年见过你是在何时？

一只小果子狸悄悄地拨开路旁茂密的树枝，聚精会神地看着小孩子们。她常常这样看。

可是，人们一点儿也没有注意到小果子狸。

没有人的时候，小果子狸还敢跑到小路上来。她喜欢从悬崖边儿上，看山下的路，远处的桥，还有沿着河向左右分开的路。

这条小路上常常有自行车和小摩托车跑过。小果子狸喜欢被阳光照得忽闪忽闪地发光的自行车。

一天，小果子狸对妈妈说："我要到下面的小路上去玩。那里有闪闪发光的东西跑过，还能看见小孩子。"

妈妈听了，吓了一大跳。

"你这个样子跑出去，太危险啦！"

可是，小果子狸还是一个劲儿地求妈妈。

妈妈拿来一棵
狗尾巴草和一枝胡
枝子花。

"就这样放你
出去，我可不放心。
我跟曾祖母学过变
成人的魔术，好久
没用了，不知道还
能不能变好。让我
试试看吧!"

妈妈说着，把胡枝子花插在小果子狸的头上。然后，举起狗尾巴草在上面挥了三下，小果子狸变成了一个小姑娘。只是留下了那条可爱的粗尾巴。

妈妈一边帮小果子狸把尾巴藏进红裙子下面，一边嘱咐说："尾巴是果子狸最宝贵的东西。还有，傍晚天气变凉之前，你必须赶回来。因为，天气一凉，一打喷嚏，你就会变回原来的样子！"

　　小果子狸朝着远处的桥走去。她不停地走啊！走啊！

　　可是，脚下的路也好像在不断地延伸。走了半天，她还没有走到大桥上。

　　半路上，一辆小摩托车开过来。小姑娘停下来，睁大眼睛看了半天。过了一会儿，又有一辆自行车过来了。小姑娘又停下来，一直看着自行车骑远了。

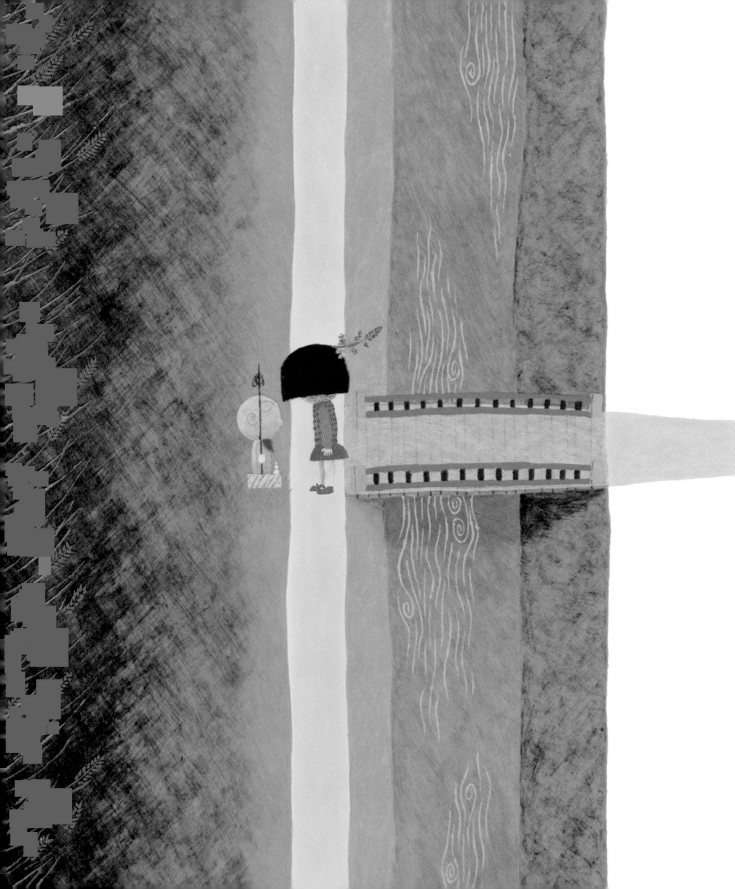

小姑娘继续向前
走去。走啊！走啊！
终于走到了桥头上。
路从山上看起来并不
远，可是走起来真长
啊！

小姑娘走过桥去。
她不知道往哪边走好，
往左转？还是向右转？
于是，小姑娘决定，
就在这里等着，哪边
先来自行车就往哪边
走。

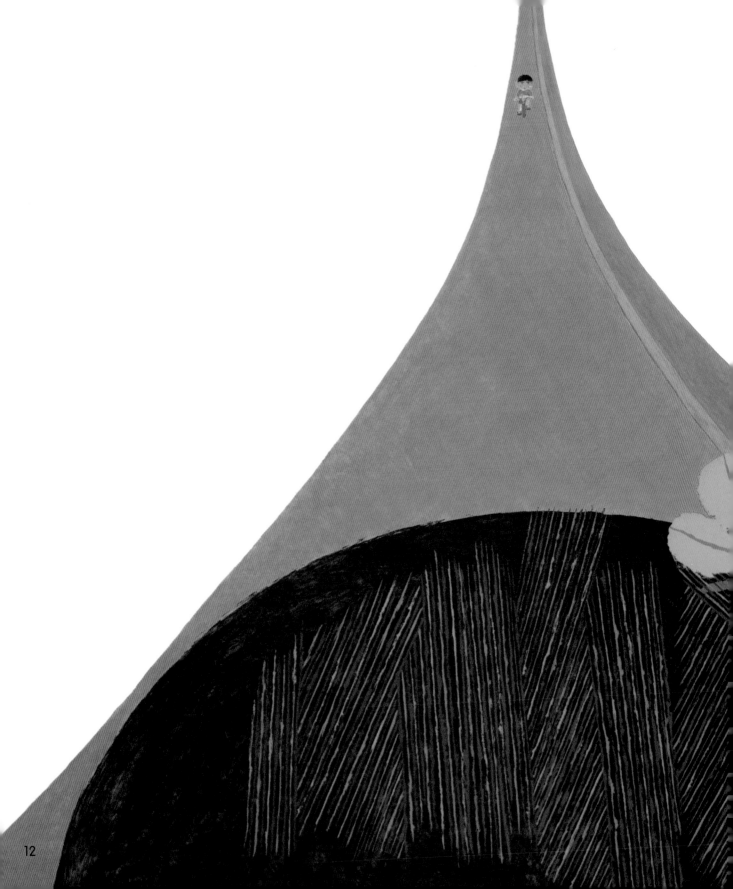

到底哪边儿先来自行车呢？小姑娘左看看，右看看。

过了一会儿，右边的路上，有一辆自行车从很远的地方，朝这边骑过来了。小姑娘马上向右转，继续走起来。

自行车越来越近了，
骑车的是一个男孩。

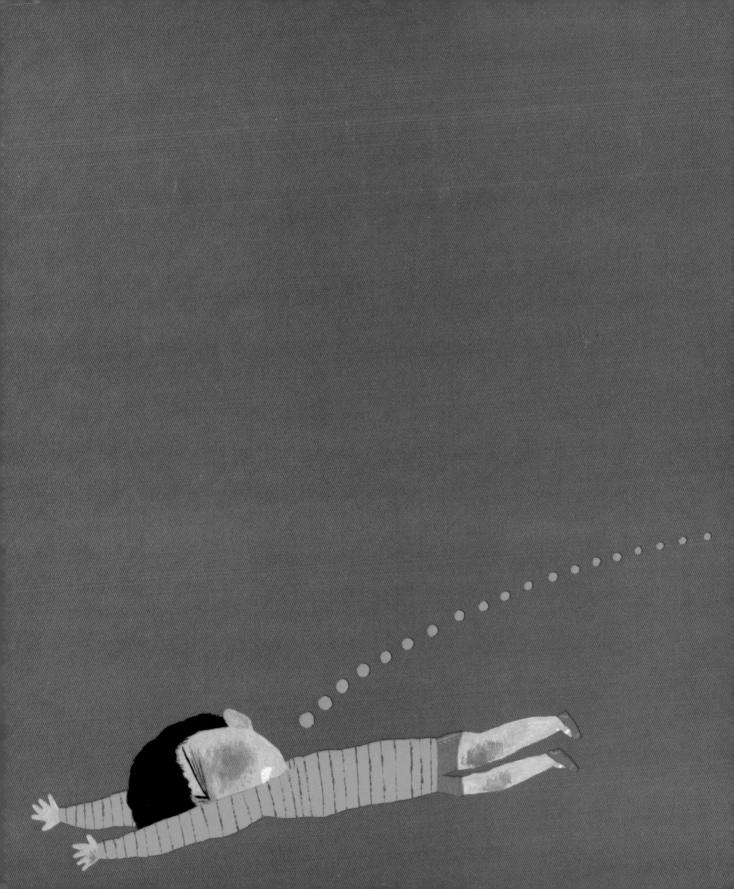

小姑娘停下来，打算看着自行车骑过去。这时，自行车不知轧在什么东西上，滑了一下，"吱吱"地叫着，横倒了下来。

　　"好危险！"

　　随着小姑娘的惊叫声，男孩摔倒在铺着碎石的路上，有好一会儿，不能动弹。

小姑娘
轻轻地走到
男孩身旁，
看了看。
　　他的手
和膝盖划得
很厉害，血
渗了出来。
小姑娘想：
"让我用尾
巴给他清洗
伤口吧！"

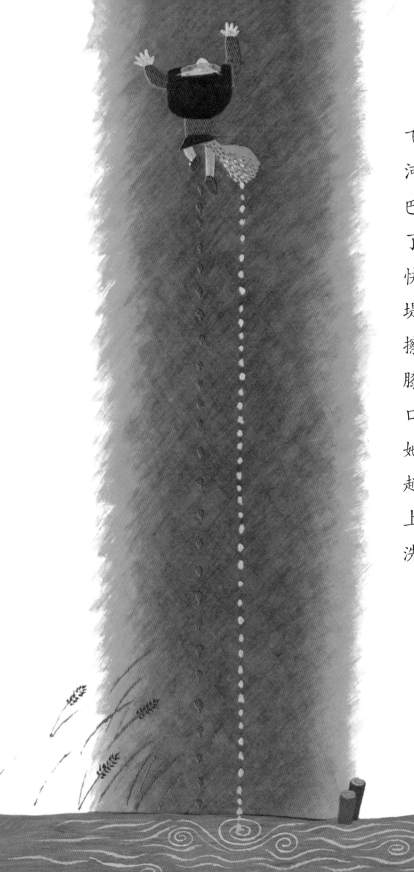

小姑娘飞快地滑下河堤，用尾巴尖儿沾满了水，又飞快地跑上河堤，轻轻地擦洗了男孩膝盖上的伤口。然后，她又跑了一趟，把他手上的伤也清洗干净了。

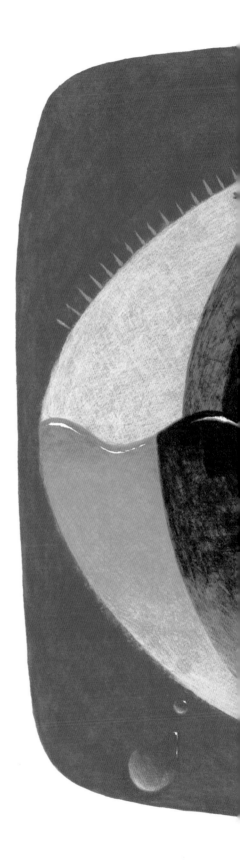

男孩子疼得眼里充满泪水。他模模糊糊地看见小姑娘用一个毛茸茸的东西在给自己洗伤口。忽然，他意识到，哎呀！这不是果子狸的尾巴吗?!

小姑娘洗干净伤口，稍稍地松了一口气。这时，她才想起赶紧把尾巴藏到身后。

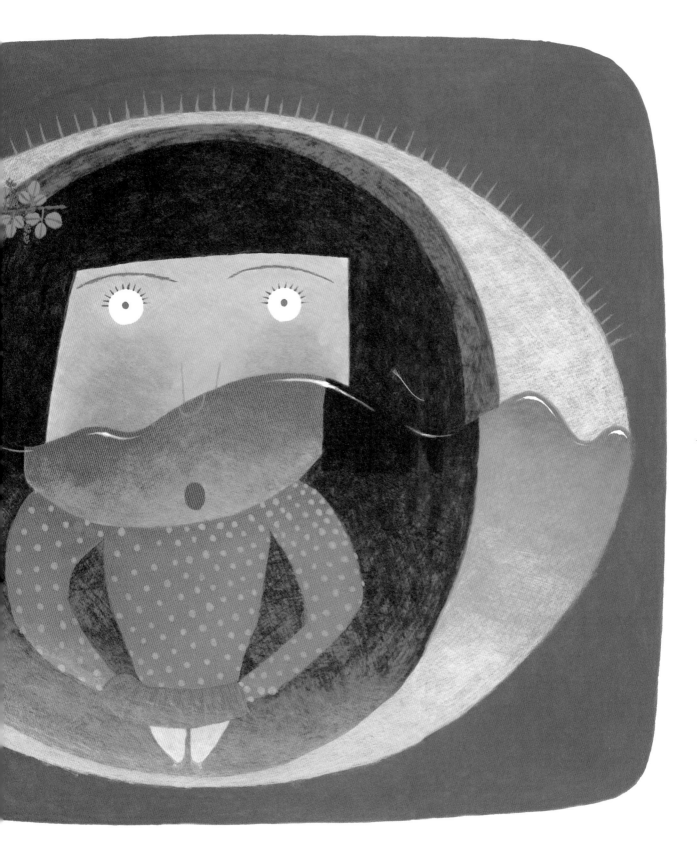

男孩子从心里感激善良的小果子狸，他想送点儿什么给这个热情的小姑娘。

两人坐在路边的草地上。男孩从口袋里掏出牛奶糖，和小姑娘一起吃起来。小姑娘觉得牛奶糖真好吃！

男孩说着在镇上看到的有趣的事情，小姑娘也讲了和妈妈一起采桑葚儿的事。

　　男孩子想给小姑娘唱歌。他说："让我唱支什么歌吧！"

　　"《晚霞中的红蜻蜓》！"小姑娘回答道。

　　晚霞中的红蜻蜓，请你告诉我，童年见过你是在何时？

　　田野中采来桑葚儿，装在篮子里，是我儿时梦一样的记忆……

男孩用清脆的童音唱着，
那动听的歌声向晚霞映红的
天空飘去。
　　小姑娘听入了迷。

"我得回家了。"小姑娘想着，站起来，跟男孩道别。

男孩说："让我骑自行车送你吧！"

小姑娘听了，心里高兴得怦怦直跳。真没想到，自己能坐上以前只能从山上看到的闪闪发光的自行车。不过，她有点儿担心男孩的伤。

"休息这么半天了，没问题！"男孩说。

男孩骑上自行车，小姑娘坐在自行车的后座上。

男孩被好心的小姑娘感动得心里暖洋洋的。他想："我一定要把她送回山里的家。"

小姑娘也快活极了。男孩子给她唱了那么动听的歌儿，又让她坐在自行车上，她心里充满了幸福。

自行车顶着风向前进。
风有些凉了。男孩子"阿嚏"
地打了一个喷嚏。小姑娘也
"阿嚏"地打了一个喷嚏。

自行车顶着风继续向前进。

男孩骑着自行车，后座上，坐着一只
头上插着胡枝子花的可爱的小果子狸。

作家介绍

佐佐木田鹤

(SASAKI,Tazu; 1932 ~ 1998)

　　作家。1932年生于日本东京都。在东京都立驹场高中读书时，因绿内障双目失明。她1956年开始写作，1959年以《白帽子的山岗》(即本作品)获儿童福祉文化奖，1965年以导盲犬的故事《洛巴特，走吧》获日本散文家俱乐部奖，1969年以《我写了日记》获野间儿童文艺奖推荐作品奖。她曾发表过《兔子小白的礼物树》、《孩童之神》等多部温馨的童话作品。

画家介绍

杉浦范茂

(SUGIURA, Hammo; 1931 ~)

　　画家、著名平面设计师、日本插画家协会成员。生于日本爱知县。毕业于东京艺术大学美术系。1979年以《旧房的漏》获小学馆绘画奖，1983年以《睫毛海的飞艇》获日本绘本奖、波洛尼亚平面设计奖以及1984年艺术选奖文部大臣新人奖，1984年以《滴滴答答》获野间儿童文艺奖，1995年以《北斗七星和仙后座》获日本绘本奖。

OHANASHI MEISAKU EHON VOL.30　　SHONEN TO KODANUKI

Text by Tazu Sasaki

Illustrations by Hammo Sugiura

Text copyrights © 1977 by Kazue Sasaki

Illustrations copyrights © 1977 by Hammo Sugiura

First published in Japan in 1977 by POPLAR Publishing Co., Ltd.

Simplified Chinese edition is published by arrangement with POPLAR Publishing Co., Ltd.

through Beijing Poplar Culture Project Co., Ltd.

All rights reserved.

本书原出版者为日本白杨社，中文简体字版经授权由二十一世纪出版社出版发行。

版权合同登记号 14-2007-033

蒲蒲兰绘本馆 少年与果子狸

佐佐木田鹤/文　　杉浦范茂/绘　　崔维燕/译

责任编辑：杨文敏　黄　震（美术）　熊　炽（文字）	版　次：2009年8月第1版　2009年8月第1次印刷
出版发行：二十一世纪出版社（南昌市子安路75号）	开　本：20
出 版 人：张秋林	印　张：2
经　　销：新华书店	书　号：ISBN　978-7-5391-4354-5
印　　制：凸版印刷（深圳）有限公司	定　价：21.80元

（如发现印装质量问题，请寄本社图书发行公司调换　　　0791-6524997）